趙 栄順

Cho Youngsoon

白

句集

青磁社

白＊目次

句集　白

新年

去年ひらり今年ひらりと朝の波

初空や暮れゆくものの美しく

元旦や厨に火の口水の口

韓の血のいつしか薄れ雑煮食ふ

一歳の子がまろび出て鏡餅

鳥呼べよ花香らせよ餅の花

豊穣や乳房のごとき鏡餅

煩悩の重なり合うて鏡餅

お正月をさなに頬を撫でられて
ヴィーナスとなりてけむれる初湯かな

伐りだして吉野の杉の祝箸

巌のごとき師の胸借りん初句会

昼によし朝なほよろし初湯かな

初湯して君くれなゐの花ならん

歌留多とる君美しきアスリート
初日記見られたくなし見られたし

左義長や恋は真白き灰となり

三が日何の縁か君とゐる

十二歳花のつぼみの春着かな

脱ぎ捨てて春着の海となりにけり

春

白山の真白き春の立ちにけり

白山の空を落ちくる雲雀かな

春の扉は押すべし敲くことなかれ
汝が胸の春の鼓を叩かんか

白き白き加賀一国の余寒かな

うすらひは風が走りし跡ならん

らふそくの炎ふれあふ余寒かな

雪解風北極星が濡れてゐる

薄氷踏んで戦の来る日かな

春眠の持たざる者の深さかな

花の芽に少しつめたき空の色

初花やふくみて水のやはらかき

青空は固きままなり蕗の薹

ふきのたうきれいな味のしてゐたる

梅ひらく冷たき風に触るるたび
金沢の蟹やかぶらや春の雪

しろがねの空に棹さし雁帰る

春泥となりてのたうつ大蛇かな

一山の風となりては囀れり

囀ればば火の鳥となり囀れり

星ひとつ落ちて真赤なチューリップ

花菜ほどな命ひとつを孕鹿

蛇いでて風に吹かれてゐたりけり

羊の毛草刈るごとく刈りにけり

双眸の湖のごとくに春の鹿

空青くクレソン青く水青く

澄みとほる水に飽いたる白魚かな

母の母その母もまた海女なりき

一塊の風となりけり風車

鞦韆やシルクロードの風に乗り

ひとつ灯をともしてよりの春愁
抱かれて命の育つ日永かな

めざめよと風の一声山笑ふ

どの国の子どもも笑へ山笑ふ

さくらさくら仰ぎ見るたび母が老ゆ

朧夜のおぼろとなりて母眠る

一輪のつぼみのごとき雛かな

雛あられ空から降つて来しごとく

篠笛はさくらが吹いてゐるらしく
ひとひらは言葉の海へさくらさくら

けふひとつきのふもひとつ桜もち
ほろほろとかすみとけゆく金華糖

花を見て花見てまなこ忘れ来し
散りつくし花守の木となりにけり

金沢が花となりたる實の忌

飴山忌うぶな心を大事かな

幹誕生

一貫の命が春の呱々あぐる
芽吹くものあまたあれども嬰のへそ

子あやせば春の兆しの声あぐる

春眠やかすかに鈴の鳴りゐたる

亀鳴くや他郷暮らしの長くして

頬杖はさみしき癖や春炬燵

草木染かすみを染めてゐるところ
アリランの調べ哀しや芹を摘む

春の風邪障子静かな日なりけり

マドレーヌ草加せんべい春の風邪

をさなくて恋の猫とも思はれず

角落ちてはやひこばゆる角のあと

ゆさゆさと桜鯛抱き来たりけり

刃を入るることは許さじ桜鯛

桃咲いて夢みるごとき山盧かな

やはらかき空やはらかき桃の花

空の波寄せては返す桃の花
ゆつくりとまぶたをひらく桃の花

韓国海印寺

千年の霞のなかを分け入りぬ

青々と僧のつむりや春寒し

伽耶山の風に触れては蝶生まる

かげろひぬ般若心経八万巻

大腸癌手術

うすらひや我が身のうちに珠の影

あはゆきや額もて額の熱はかる

手術台メス一本の鬼やらひ

春炬燵にはかやもめになられしか

寒明けは病明けにも似てうれし

若布汁怒濤の日々の果てにかな

晩春やこんぺいとうは花の色

春節のランタン闇を染めあげよ

つつがなく老いし夫へ若布汁

佐々木まきさん逝去

もう会へぬあなたと花を惜しむなり

夏

新しき思想のごとく雲の峰

雲の峰雲のつぼみが次々と

風に風洗はれてくる五月かな

潮の香や火の香や鰹食ふ男

蚊帳吊るや森となれまた海となれ

蚊帳吊つて青き地球に眠るかな

明易や太古の耳が波を聴く
蟇山呑み込みみし声ならん

鮎泳ぐ水となりまた石となり

火は風を風は火を追ふ鵜飼かな

籐椅子や戦語らぬ父なりき

祖国とは苦き言葉よ水を打つ

罪深き色となりたる竹夫人

竹夫人軽し女心重し

薔薇の風薔薇が聴きゐるばかりかな

薔薇の芽の炎となりてゆくところ

億万の薔薇の一輪の薔薇ならん

薔薇園の薔薇守るひとも詩人かな

砲弾が幾万の薔薇砕きゆく
薔薇の花ひとつ沈める銀河かな

花月桃獣のごとく香りけり

沖縄の闇ふるはせて牛蛙

梯梧咲く六月忘るることなかれ
怖ろしき南の島に草茂る

死してまた母胎に帰る夏の月

夏草の猛々しくも枯れそむる

海青く山また青き初夏台湾

白日傘かつて日本でありし町

涼香誕生

生まれきてまなこ涼しくありにけり

みどりさす母となりたる乳房かな

子一歳ひなげしほどの靴はいて

夏休み草のにほひのこどもかな

どこからも川現るる涼しさよ

深川のほとり涼しく集ひけり

亡き父が端居の端にをりにけり

我が祖国遠きにありて端居かな

舞ひ下りし月のごとくや奈良団扇

次の世は風になりたき団扇かな

怖ろしや開かずの梅酒ひとつある
日のしづく月のしづくの梅酒かな

菜刻む音こだませよ夏厨

夜濯や夫には知れぬ胸のうち

端居せり名もなき夫の傍らに
明日手術受ける夫の髪洗ふ

青梅雨や少女のわれのゐるごとく

ひようひようと草笛を吹く誰ならん

杜若むかしの色に咲きにけり

錆び錆びてなほ錆びゆくか朴のはな

たましひの少し遅るる昼寝覚

葉桜や影冷ゆるまで立ちつくす

サンドレス夏至の女となりにけり

夏瘦せてモディリアーニの女かな

香水やわたしがきれいだつたころ

帰れざる日々ははるかや香水瓶

香水の身八つ口より香るかな

香水瓶海のきらめき閉ぢ込めぬ

藍浴衣夕べの雨に香りたつ
身のうちを風通りゆく藍浴衣

母老ゆる衣一枚更ふるたび
右手より左手やさし衣がへ

日の色を重ねて白し衣がへ

仮の世の仮の姿や衣がへ

白山の水の味なり水やうかん

さてさてと扇子をたたむ和菓子かな

白日傘こころゆつくりひらくかな

若き日の母美しや蠅たたき

かくも濃き百合の香に死者目覚めをり

文学の果実は硬し露伴の忌

出来合ひの思想すつぱし髪洗ふ

息深く河野裕子の忌なりけり

五月闇人を疑ふこと一瞬
山之口貘の詩を喰ふ紙魚ぞある

赤銅の腕美しき田植かな

美しき筋肉動く夏祭

抱擁のかたちに枯るる蟬の殼
蟻地獄落つる快楽もありぬらん

鹿の仔のそびらに花の降るごとく

紅さして花になりたき実梅かな

夏木立伐つてや風を殺さんと
鹿の子の草食む口づけするやうに

日のぬくみ土のぬくみのトマトかな

会へぬまま母遠くなる薄暑かな

ソーダ水天からからと笑ひをり
我が山のごとくに崩すかき氷

山峡の一戸涼しくありにけり

山廬なほ戦の記憶消えず夏

ひもほどけるやうにほうたるつういつい

ごきぶり叩くまじ戦起こすまじ

くれなゐの怒りとなりて蝮かな

闘魚てふ唐くれなゐのさみしさよ

山椒魚にやりと笑ふ夢みしが
鬼灯はからくれなゐの涙かな

うれしさは術後五年の新茶かな

海に塩地に夏豆のあまさかな

もう去年の空は映さずサングラス
いま咲きしばかりの花を花氷

目が合うて君美しき青蜥蜴

行き惑ふ雷もあるあはれかな

長井亜紀さん逝去

合歓の花ひとつゆらして逝きたまふ

恋の俳句大賞選

恋の句のひとつささやく夜の秋

秋

青春は恥の時代よ爽やかに
古き詩は捨つべし林檎囓るべし

かなかなやある日言葉が殺さるる

一篇の詩を書き写す原爆忌

小さき骨大きな骨や原爆忌

健康なままの屍や原爆忌

いわし雲美しい死などあるものか

革命も恋もはるかや鰯雲

うすうすと日輪遊ぶ今朝の秋

ざるうどん秋の白さと思ひけり

漆黒や果実のごとき月浮かぶ
砥ぎだされ月より青き刃かな

月を抱き月に抱かれ鳥海山

家事の手を少しやすめて月見かな

乾坤の一滴ならん新走り

白山の水清らかに新走り

提げてゆく西瓜夕日の重さかな

木洩れ日は花びらとなる葡萄棚

駆け駆ける翼もあらん秋の馬

鷹となり兎となりて相撲とる

日の匂ひ月の匂ひや今年藁

母さんと同じ匂ひや今年藁

開拓の大地の歌や蕎麦の花

ふるさとは帰れぬところ秋桜

夕暮れは水の匂ひや赤とんぼ

鳴かば声美しからん赤とんぼ

蜻蛉の空のほとりに止まりをり

夫よりも長生きせんと秋茄子

水刃物日に日に厨冷ややかに

青春の自画像ならん柚子ひとつ

いかやうに喰へども旨き小芋かな

新豆腐秋ひとさじを掬ひけり

もろびとに新米といふ幸よあれ

新涼の箸さらさらと飯を食ふ

汝が胸が我がふるさとぞ生身魂
桃すするふるさと持たぬ淋しさに

ひとつ家に男一人やちんちろりん

夢ひとつとうに諦めちんちろりん

性悪の男鹿に生まれ美しく
姿良き女鹿に生まれ性荒く

龍太逝き十年の秋の机かな

生前も死後も龍太は秋の人

静けさの一塊として桃ひとつ

甲斐の水香らせてゐる桃ひとつ

桐一葉夢みるごとく落ちにけり

曼珠沙華憤怒となりて咲きにけり

われ秋の本喰ふ虫となりにけり
木の実降る悩める人の頭にも

灯ともして水昏くせり秋蛍

生きながら鵙の贄となりにける

秋扇たつた一人となりにけり

存分に泣かれよ夜長の枕ある

稲妻やあつけらかんと逝きたまふ

ばつたんこ水おどろきて落ちにけり

衣かつぎ忘じて遠き父の声

犀川を流れ流れてゆく秋ぞ

掌熱し熟柿を吸ひにけり

柿の木が聴き入る村の噂かな

清登誕生

志高きに登る人であれ

歯二本君新米の離乳食

天に触れ地に触れ秋は深みゆく
惜しみなく秋惜しみなく愛すべし

あかあかと暮れゆくものに秋の風
美しき光となりてゆく秋ぞ

冬

白山の白より白く冬立てり

りんりんと我は冬立つ女かな

ペリカンの万年筆も冬に入る

冬構へ心構へてゐたりけり

ばしやばしやと洗へば冬の顔となる

大くさめ大吉兆と思ふかな

人は波ひらりひらりと十二月

諦めし人みなやさし十二月

恋といふ小さき部屋に冬籠

冬なればより細やかに厨事

冬いよよ刃のごとく火のごとく
一塊の氷となりて棺ゆく

つかの間の夢をみてゐる雪うさぎ

たはむれに夫婦となりぬ雪兎

揺れながら光となりぬ冬木の芽

枯れ枯れて命の薔薇となりにけり

大氷柱熱き涙をしたたらす

日輪のさすらうてゐる氷柱かな

燃えつくす幸も不幸も炭火かな
心には業火となれる炭ひとつ

眠らんとして白山の静けさよ

静かなる水の眠りや冬の滝

雪の上に雪雪の上に日の吐息
雪雪雪やがて炎となりゆくか

虎の間に虎閉ぢ込めて冬籠

煮凝や闇に眠りて闇となる

追憶のなかに凍るや夢ひとつ

凍蝶の止まれば凍る命かな

端渓の硯に浮かぶ冬の月

冬の月触れれば指の切るるかな

枯園に死者もにぎはふ小春かな

水鳥の夢のかけらや日向ぼこ

凍滝の白き炎となりにけり

凩や暗き泉を聴くごとく

口開けて鮟鱇口を残しけり

冬薔薇頽るるとき踊りけり

芳しく香れるものに冬木立

冬帽子山に生まれて山に死す

歌ふごとささやくごとく時雨かな

寒禽の飢ゑに飢ゑたる声ならん

風呂吹の白く大きく煮ゆるかな

生きがたき世に湯たんぽの幸ひとつ

抱きなほす嬰に冬天美しく

冬深しル・コルビュジエの夜の函

息白し心に火種あるかぎり

息白く恋を語れる君なりき

帰り花遠き昔の恋ならん

眠る水揺り起こしては紙を漉く

人あはれ鮭のあはれを追ひかける

臘梅は遠き国より来たといふ

雪つぶて故郷捨つるは罪なるか

寒き夜や己曝して句集編む

短歌

言の葉をこはさぬやうに盛りつける短歌のうつは俳句のうつは

東日本大震災　息子の婚約者被災

繋がりし電話の向から嫁の声お母さんと言ふ後が続かず

飛鳥路を歩く不思議な懐かしさナラは朝鮮語で国といふ意味

アリランは不思議な歌よふるさとを知らぬ我にもふるさと見える

在日は里子にだされた子のやうに実母に焦がれ己寂しむ

嫌韓論ヘイトスピーチ韓日はひとつの茎に咲く花なるに

につこりと微笑むポスター通り過ぐ選挙権なき在日我は

ホワイトのブラック差別よく見えてイエロー同士の差別は見えない

韓ドラのをばさん女優我に似て嬉しいやうな淋しいやうな

子二人日本国籍取得して日本八人韓国二人

定年の花束活ける最後まで妻の仕事は夫の陰に

夫定年退職

定年の祝ひの花はにぎやかでにぎやかすぎて少し淋しい

七十に近づいてゐるほんとかな確かめ算をこつそりしてる

タンシチューテールスープにスペアリブ浅ましきかなヒトの食欲

コロナ緊急事態宣言解除

カレンダーにマルがつき始めたけれど心はいまだサンカクのまま

ロシアのウクライナ侵攻

あの戦争止められなかったその理由今うつすらと分かりはじめる

あみだくじのやうに右行き左行きわたしが選んだ着地点ここ

黒電話ダイヤル回せば潮騒が寄せては返す昭和の廊下

あとがき

『白』は、私の第二句集になります。

生きてなほ白から白へ衣がへ

第一句集『草生』に、長谷川櫂先生よりいただいた序句です。

以来八年、新しい白を模索してまいりました。

少しは「衣がへ」が出来たでしょうか。

『白』には、折に触れて詠んだ短歌も収めました。在日韓国人として生まれ生きた私の思いを読んでいただければ幸いです。

コロナ下より古志金沢ズーム句会に参加させていただき、金沢句会の皆様には大変お世話になりました。有り難うございました。

また古志に入会し長谷川櫂先生に師事して二十年、長谷川先生には改めて深く感謝申し上げます。

出版にあたっては、青磁社永田淳氏に、また『草生』と同様、装幀は加藤恒彦氏にお世話になりました。

厚く御礼申し上げます。

二〇二三年　盛夏

趙　栄順

季語索引

あ行

青梅【あおうめ】（夏）
紅さして花になりたき実梅かな　九九
赤蜻蛉【あかとんぼ】（秋）
鳴かば声美しからん赤とんぼ　一二五
夕暮れは水の匂ひや赤とんぼ　一二五
秋【あき】（秋）
駆け駆ける翼もあらん秋の馬　一二二
犀川を流れ流れてゆく秋ぞ　一四〇
ざるうどん秋の白さと思ひけり　一一七
生前も死後も龍太は秋の人　一三三
龍太逝き十年の秋の机かな　一三三
われ秋の本喰ふ虫となりにけり　一三六
秋扇【あきおうぎ】（秋）
秋扇たつた一人となりにけり　一三八
秋惜しむ【あきおしむ】（秋）
惜しみなく秋惜しみなく愛すべし　一四三
秋風【あきかぜ】（秋）
あかあかと暮れゆくものに秋の風　一四四
秋茄子【あきなす】（秋）
夫よりも長生きせんと秋茄子　一二六
秋の蛍【あきのほたる】（秋）
灯ともして水昏くせり秋蛍　一三七
秋深し【あきふかし】（秋）
天に触れ地に触れ秋は深みゆく　一四三
明易【あけやす】（夏）
明易や太古の耳が波を聴く　六四
油虫【あぶらむし】（夏）
ごきぶり叩くまじ戦起こすまじ　一〇四
海女【あま】（春）
母の母その母もまた海女なりき　三二
飴山忌【あめやまき】（春）
飴山忌うぶな心を大事かな　四一

金沢が花となりたる實の忌　四一
鮎【あゆ】（夏）
鮎泳ぐ水となりまた石となり　六五
蟻地獄【ありじごく】（夏）
蟻地獄落つる快楽もありぬらん　九八
淡雪【あわゆき】（春）
あはゆきや額もて額の熱はかる　五三
鮟鱇【あんこう】（冬）
口開けて鮟鱇口を残しけり　一六四
息白し【いきしろし】（冬）
息白く恋を語れる君なりき　一六九
息白し心に火種あるかぎり　一六九
生身魂【いきみたま】（秋）
汝が胸が我がふるさとぞ生身魂　一三〇
凍蝶【いてちょう】（冬）
凍蝶の止まれば凍る命かな　一六〇
稲妻【いなずま】（秋）
稲妻やあつけらかんと逝きたまふ　一三九
芋【いも】（秋）
いかやうに喰へども旨き小芋かな　一二八
鰯雲【いわしぐも】（秋）
いわし雲美しい死などあるものか　一一六
革命も恋もはるかや鰯雲　一一六
鵜飼【うかい】（夏）
火は風を風は火を追ふ鵜飼かな　六五
牛蛙【うしがえる】（夏）
沖縄の闇ふるはせて牛蛙　七一
薄氷【うすらい】（春）
薄氷踏んで戦の来る日かな　二三
うすらひは風が走りし跡ならん　二一
うすらひや我が身のうちに珠の影　五三
打水【うちみず】（夏）
祖国とは苦き言葉よ水を打つ　六六
団扇【うちわ】（夏）
次の世は風になりたき団扇かな　七九
舞ひ下りし月のごとくや奈良団扇　七九

空蟬【うつせみ】（夏）
抱擁のかたちに枯るる蟬の殻　九八
梅【うめ】（春）
梅ひらく冷たき風に触るるたび　二六
梅酒【うめしゅ】（夏）
怖ろしや開かずの梅酒ひとつある　八〇
日のしづく月のしづくの梅酒かな　八〇
扇【おおぎ】（夏）
さてさてと扇子をたたむ和菓子かな　九二
落し角【おとしづの】（春）
角落ちてはやひこばゆる角のあと　四七
落し水【おとしみず】（秋）
ばつたんこ水おどろきて落ちにけり　一三九
朧【おぼろ】（春）
朧夜のおぼろとなりて母眠る　三六

か行

帰り花【かえりばな】（冬）
帰り花遠き昔の恋ならん　一七〇
鏡餅【かがみもち】（新年）
一歳の子がまろび出て鏡餅　九
豊穣や乳房のごとき鏡餅　一〇
煩悩の重なり合うて鏡餅　一〇
柿【かき】（秋）
柿の木が聴き入る村の噂かな　一四一
杜若【かきつばた】（夏）
杜若むかしの色に咲きにけり　八四
陽炎【かげろう】（春）
かげろひぬ般若心経八万巻　五二
風車【かざぐるま】（春）
一塊の風となりけり風車　三三
霞【かすみ】（春）
草木染かすみを染めてゐるところ　四五
千年の霞のなかを分け入りぬ　五一
ほろほろとかすみとけゆく金華糖　三九
鰹【かつお】（夏）

潮の香や火の香や鰹食ふ男　六二
鹿の子【かのこ】（夏）
鹿の仔のそびらに花の降るごとく　九九
鹿の子の草食む口づけするやうに　一〇〇
髪洗ふ【かみあらう】（夏）
明日手術受ける夫の髪洗ふ　八二
出来合ひの思想すつぱし髪洗ふ　九五
紙漉【かみすき】（冬）
眠る水揺り起こしては紙を漉く　一七〇
雷【かみなり】（夏）
行き惑ふ雷もあるあはれかな　一〇九
亀鳴く【かめなく】（春）
亀鳴くや他郷暮らしの長くして　四四
蚊帳【かや】（夏）
蚊帳吊つて青き地球に眠るかな　六三
蚊帳吊るや森となれまた海となれ　六三
歌留多【かるた】（新年）
歌留多とる君美しきアスリート　一四
河野裕子忌【かわのゆうこき】（秋）
息深く河野裕子の忌なりけり　九五
寒明【かんあけ】（春）
寒明けは病明けにも似てうれし　五五
雁帰る【がんかえる】（春）
しろがねの空に棹さし雁帰る　二七
寒禽【かんきん】（冬）
寒禽の飢ゑに飢ゑたる声ならん　一六六
元日【がんじつ】（新年）
元旦や厨に火の口水の口　八
衣被【きぬかずき】（秋）
衣かつぎ忘じて遠き父の声　一四〇
旧正月【きゅうしょうがつ】（春）
春節のランタン闇を染めあげよ　五六
桐一葉【きりひとは】（秋）
桐一葉夢みるごとく落ちにけり　一三五
草茂る【くさしげる】（夏）
怖ろしき南の島に草茂る　七二

草の芽【くさのめ】（春）
花の芽に少しつめたき空の色　二四
草笛【くさぶえ】（夏）
ひょうひょうと草笛を吹く誰ならん　八三
嚔【くさめ】（冬）
大くさめ大吉兆と思ふかな　一四九
雲の峰【くものみね】（夏）
新しき思想のごとく雲の峰　六一
雲の峰雲のつぼみが次々と　六一
クレソン【くれそん】（春）
空青くクレソン青く水青く　三一
夏至【げし】（夏）
サンドレス夏至の女となりにけり　八六
月桃の花【げっとうのはな】（夏）
花月桃獣のごとく香りけり　七一
原爆忌【げんばくき】（秋）
一篇の詩を書き写す原爆忌　一一四
健康なままの屍や原爆忌　一一五
小さき骨大きな骨や原爆忌　一一五
香水【こうすい】（夏）
帰れざる日々ははるかや香水瓶　八七
香水の身八つ口より香るかな　八八
香水瓶海のきらめき閉ぢ込めぬ　八八
香水やわたしがきれいだつたころ　八七
氷【こおり】（冬）
一塊の氷となりて棺ゆく　一五二
氷水【こおりみず】（夏）
我が山のごとくに崩すかき氷　一〇二
凍る【こおる】（冬）
追憶のなかに凍るや夢ひとつ　一六〇
五月【ごがつ】（夏）
風に風洗はれてくる五月かな　六二
凩【こがらし】（冬）
凩や暗き泉を聴くごとく　一六三
コスモス【こすもす】（秋）
ふるさとは帰れぬところ秋桜　一二四

去年今年【こぞことし】（新年）
去年ひらり今年ひらりと朝の波　七
木の実【このみ】（秋）
木の実降る悩める人の頭にも　一三六
小春【こはる】（冬）
枯園に死者もにぎはふ小春かな　一六二
更衣【ころもがえ】（夏）
仮の世の仮の姿や衣がへ　九一
母老ゆる衣一枚更ふるたび　九〇
日の色を重ねて白し衣がへ　九一
右手より左手やさし衣がへ　九〇

さ行

囀【さえずり】（春）
囀れば火の鳥となり囀れり　二八
一山の風となりては囀れり　二八
左義長【さぎちょう】（新年）
左義長や恋は真白き灰となり　一五
桜【さくら】（春）
さくらさくら仰ぎ見るたび母が老ゆ　三六
篠笛はさくらが吹いてゐるらしく　三八
ひとひらは言葉の海へさくらさくら　三八
桜鯛【さくらだい】（春）
刃を入るることは許さじ桜鯛　四八
ゆさゆさと桜鯛抱き来たりけり　四八
桜餅【さくらもち】（春）
けふひとつきのふもひとつ桜もち　三九
五月闇【さつきやみ】（夏）
五月闇人を疑ふこと一瞬　九六
爽やか【さわやか】（秋）
青春は恥の時代よ爽やかに　一一三
三が日【さんがにち】（新年）
三が日何の縁か君とゐる　一五
サングラス【さんぐらす】（夏）
もう去年の空は映さずサングラス　一〇八
山椒魚【さんしょううお】（夏）

山椒魚にやりと笑ふ夢みしが　　一〇六

鹿 【しか】（秋）
性悪の男鹿に生まれ美しく　　一三三
姿良き女鹿に生まれ性荒く

時雨 【しぐれ】（冬）
歌ふごとささやくごとく時雨かな　　一三二

紙魚 【しみ】（夏）
山之口貘の詩を喰ふ紙魚ぞある　　九六

鞦韆 【しゅうせん】（春）
鞦韆やシルクロードの風に乗り　　一三

十二月 【じゅうにがつ】（冬）
諦めし人みなやさし十二月　　一五〇
人は波ひらりひらりと十二月

熟柿 【じゅくし】（秋）
掌熱し熟柿を吸ひにけり　　一四一

春愁 【しゅんしゅう】（春）
ひとつ灯をともしてよりの春愁　　三四

春泥 【しゅんでい】（春）
春泥となりてのたうつ大蛇かな　　二七

春眠 【しゅんみん】（春）
春眠の持たざる者の深さかな　　二三
春眠やかすかに鈴の鳴りゐたる

正月 【しょうがつ】（新年）
お正月をさなに頬を撫でられて　　四三

初夏 【しょか】（夏）
海青く山また青き初夏台湾　　一一

白魚 【しらうお】（春）
澄みとほる水に飽いたる白魚かな　　七四

新酒 【しんしゅ】（秋）
乾坤の一滴ならん新走り　　三二

新茶 【しんちゃ】（夏）
白山の水清らかに新走り　　一二〇

新豆腐 【しんとうふ】（秋）
うれしさは術後五年の新茶かな　　一二〇

新米 【しんまい】（秋）
新豆腐秋ひとさじを掬ひけり　　一〇七

歯二本君新米の離乳食　一四二
もろびとに新米といふ幸よあれ　一二九
新涼【しんりょう】（秋）
新涼の箸さらさらと飯を食ふ　一二九
新緑【しんりょく】（夏）
みどりさす母となりたる乳房かな　七五
新藁【しんわら】（秋）
母さんと同じ匂ひや今年藁　一二三
日の匂ひ月の匂ひや今年藁　一二三
西瓜【すいか】（秋）
提げてゆく西瓜夕日の重さかな　一二一
涼し【すずし】（夏）
生まれきてまなこ涼しくありにけり　七五
どこからも川現るる涼しさよ　七七
深川のほとり涼しく集ひけり　七七
山峡の一戸涼しくありにけり　一〇三
炭【すみ】（冬）
心には業火となれる炭ひとつ　一五六
燃えつくす幸も不幸も炭火かな　一五六
相撲【すもう】（秋）
鷹となり兎となりて相撲とる　一二二
芹【せり】（春）
アリランの調べ哀しや芹を摘む　四五
雑煮【ぞうに】（新年）
韓の血のいつしか薄れ雑煮食ふ　八
ソーダ水【そーだすい】（夏）
ソーダ水天からからと笑ひをり　一〇二
蕎麦の花【そばのはな】（秋）
開拓の大地の歌や蕎麦の花　一二四

た行

田植【たうえ】（夏）
赤銅の腕美しき田植かな　九七
高きに登る【たかきにのぼる】（秋）
志高きに登る人であれ　一四二
湯婆【たんぽ】（冬）

生きがたき世に湯たんぽの幸ひとつ　一六七
竹婦人【ちくふじん】（夏）
竹夫人軽し女心重し　六七
罪深き色となりたる竹夫人　六七
チューリップ【ちゅーりっぷ】（春）
星ひとつ落ちて真赤なチューリップ　二九
蝶【ちょう】（春）
伽耶山の風に触れては蝶生まる　五二
追儺【ついな】（冬）
手術台メス一本の鬼やらひ　五四
月【つき】（秋）
漆黒や果実のごとき月浮かぶ　一一八
月を抱き月に抱かれ鳥海山　一一九
砥ぎだされ月より青き刃かな　一一八
月見【つきみ】（秋）
家事の手を少しやすめて月見かな　一一九
梅雨【つゆ】（夏）
青梅雨や少女のわれのゐるごとく　八三
氷柱【つらら】（冬）
大氷柱熱き涙をしたたらす　一五五
日輪のさすらうてゐる氷柱かな　一五五
梯梧【でいご】（夏）
梯梧咲く六月忘るることなかれ　七二
籐椅子【とういす】（夏）
籐椅子や戦語らぬ父なりき　六六
蜥蜴【とかげ】（夏）
目が合うて君美しき青蜥蜴　一〇九
トマト【とまと】（夏）
日のぬくみ土のぬくみのトマトかな　一〇一
蜻蛉【とんぼ】（秋）
蜻蛉の空のほとりに止まりをり　一二六

な行

夏【なつ】（夏）
菜刻む音こだませよ夏厨　八一
山廬なほ戦の記憶消えず夏　一〇三

夏草【なつくさ】（夏）
　夏草の猛々しくも枯れそむる　七三
夏木立【なつこだち】（夏）
　夏木立伐つてや風を殺さんと　一〇〇
夏の月【なつのつき】（夏）
　死してまた母胎に帰る夏の月　七三
夏豆【なつまめ】（夏）
　海に塩地に夏豆のあまさかな　一〇七
夏休【なつやすみ】（夏）
　夏休み草のにほひのこどもかな　七六
夏痩【なつやせ】（夏）
　夏痩せてモディリアーニの女かな　八六
煮凝【にこごり】（冬）
　煮凝や闇に眠りて闇となる　一五九
日記始【にっきはじめ】（新年）
　初日記見られたくなし見られたし　一四
猫の恋【ねこのこい】（春）
　をさなくて恋の猫とも思はれず　四七
熱帯魚【ねったいぎょ】（夏）
　闘魚てふ唐くれなゐのさみしさよ　一〇五
合歓の花【ねむのはな】（夏）
　合歓の花ひとつゆらして逝きたまふ　一一〇

は行

蠅叩【はえたたき】（夏）
　若き日の母美しや蠅たたき　九三
薄暑【はくしょ】（夏）
　会へぬまま母遠くなる薄暑かな　一〇一
葉桜【はざくら】（夏）
　葉桜や影冷ゆるまで立ちつくす　八五
端居【はしい】（夏）
　亡き父が端居の端にをりにけり　七八
　端居せり名もなき夫の傍らに　八二
　我が祖国遠きにありて端居かな　七八
初句会【はつくかい】（新年）
　巌のごとき師の胸借りん初句会　一二

初空【はつぞら】（新年）
　初空や暮れゆくものの美しく　七
初花【はつはな】（春）
　初花やふくみて水のやはらかき　二四
初湯【はつゆ】（新年）
　ヴィーナスとなりてけむれる初湯かな　一一
　初湯して君くれなゐの花ならん　一三
　昼によし朝なほよろし初湯かな　一三
花【はな】（春）
　花を見て花見てまなこ忘れ来し　四〇
　もう会へぬあなたと花を惜しむなり　五七
花氷【はなごおり】（夏）
　いま咲きしばかりの花を花氷　一〇八
花守【はなもり】（春）
　散りつくし花守の木となりにけり　四〇
薔薇【ばら】（夏）
　億万の薔薇の一輪の薔薇ならん　六九
　薔薇園の薔薇守るひとも詩人かな　六九
　薔薇の風薔薇が聴きゐるばかりかな　六八
　薔薇の花ひとつ沈める銀河かな　七〇
　砲弾が幾万の薔薇砕きゆく　七〇
薔薇の芽【ばらのめ】（春）
　薔薇の芽の炎となりてゆくところ　六八
孕鹿【はらみじか】（春）
　花菜ほどな命ひとつを孕鹿　二九
春【はる】（春）
　一貫の命が春の呱々あぐる　四二
　汝が胸の春の鼓を叩かんか　二〇
　春の扉は押すべし敲くことなかれ　二〇
春着【はるぎ】（新年）
　十二歳花のつぼみの春着かな　一六
　脱ぎ捨てて春着の海となりにけり　一六
春炬燵【はるごたつ】（春）
　春炬燵にはかやもめになられしか　五四
　頬杖はさみしき癖や春炬燵　四四
春寒【はるさむ】（春）

青々と僧のつむりや春寒し 五一

春の風邪 【はるのかぜ】 (春)
春の風邪障子静かな日なりけり 四六
マドレーヌ草加せんべい春の風邪

春の鹿 【はるのしか】 (春)
双眸の湖のごとくに春の鹿 三一

春の雪 【はるのゆき】 (春)
金沢の蟹やかぶらや春の雪 四六

春めく 【はるめく】 (春)
子あやせば春の兆しの声あぐる 二六

晩春 【ばんしゅん】 (春)
晩春やこんぺいとうは花の色 四三

日傘 【ひがさ】 (夏)
白日傘かつて日本でありし町 五六
白日傘こころゆっくりひらくかな 七四

蟇 【ひきがえる】 (夏)
蟇山呑み込みし声ならん 九三

蜩 【ひぐらし】 (秋) 六四

かなかなやある日言葉が殺さるる 一一四

羊の毛刈る 【ひつじのけかる】 (春)
羊の毛草刈るごとくに刈りにけり 三〇

雛あられ 【ひなあられ】 (春)
雛あられ空から降って来しごとく 三七

日永 【ひなが】 (春)
抱かれて命の育つ日永かな 三四

雛罌粟 【ひなげし】 (夏)
子一歳ひなげしほどの靴はいて 七六

日向ぼこ 【ひなたぼこ】 (冬)
水鳥の夢のかけらや日向ぼこ 一六二

雛祭 【ひなまつり】 (春)
一輪のつぼみのごとき雛かな 三七

雲雀 【ひばり】 (春)
白山の空を落ちくる雲雀かな 一九

冷やか 【ひややか】 (秋)
水刃物日に日に厨冷ややかに 一二七

昼寝 【ひるね】 (夏)

たましひの少し遅るる昼寝覚　八五
蕗の薹【ふきのとう】（春）
青空は固きままなり蕗の薹　二五
ふきのたうきれいな味のしてゐたる　二五
葡萄【ぶどう】（秋）
木洩れ日は花びらとなる葡萄棚　一二一
太箸【ふとばし】（新年）
伐りだして吉野の杉の祝箸　一二
冬【ふゆ】（冬）
ばしやばしやと洗へば冬の顔となる　一四九
冬いよよ刃のごとく火のごとく　一五二
冬なればより細やかに厨事　一五一
冬構【ふゆがまえ】（冬）
冬構へ心構へてゐたりけり　一四八
冬枯【ふゆがれ】（冬）
枯れ枯れて命の薔薇となりにけり　一五四
冬木立【ふゆこだち】（冬）
芳しく香れるものに冬木立　一六五
冬籠【ふゆごもり】（冬）
恋といふ小さき部屋に冬籠　一五一
虎の間に虎閉ぢ込めて冬籠　一五九
冬薔薇【ふゆそうび】（冬）
冬薔薇頽るるとき踊りけり　一六四
冬滝【ふゆだき】（冬）
凍滝の白き炎となりにけり　一六三
静かなる水の眠りや冬の滝　一五七
冬の空【ふゆのそら】（冬）
抱きなほす嬰に冬天美しく　一六八
冬の月【ふゆのつき】（冬）
端渓の硯に浮かぶ冬の月　一六一
冬の月触れれば指の切るるかな　一六一
冬の夜【ふゆのよ】（冬）
寒き夜や己曝して句集編む　一七二
冬深し【ふゆふかし】（冬）
冬深しル・コルビュジエの夜の函　一六八
冬帽子【ふゆぼうし】（冬）

冬帽子山に生まれて山に死す　一六五
冬芽【ふゆめ】（冬）
揺れながら光となりぬ冬木の芽　一五四
風呂吹【ふろふき】（冬）
風呂吹の白く大きく煮ゆるかな　一六七
蛇穴を出づ【へびあなをいず】（春）
蛇いでて風に吹かれてゐたりけり　三〇
鬼灯【ほおずき】（夏）
鬼灯はからくれなゐの涙かな　一〇六
朴の花【ほおのはな】（夏）
錆び錆びてなほ錆びゆくか朴のはな　八四
蛍【ほたる】（夏）
ひもほどけるやうにほうたるつういつい　一〇四

ま行

松虫【まつむし】（秋）
ひとつ家に男一人やちんちろりん　一三一
夢ひとつとうに諦めちんちろりん　一三一
祭【まつり】（夏）
美しき筋肉動く夏祭　九七
蝮【まむし】（夏）
くれなゐの怒りとなりて蝮かな　一〇五
曼珠沙華【まんじゅしゃげ】（秋）
曼珠沙華憤怒となりて咲きにけり　一三五
水羊羹【みずようかん】（夏）
白山の水の味なり水やうかん　九二
むつ【むつ】（冬）
人あはれ鯥のあはれを追ひかける　一七一
芽立【めだち】（春）
芽吹くものあまたあれども嬰のへそ　四二
鵙の贄【もずのにえ】（秋）
生きながら鵙の贄とぞなりにける　一三七
餅花【もちばな】（新年）
鳥呼べよ花香らせよ餅の花　九
桃【もも】（秋）
甲斐の水香らせてゐる桃ひとつ　一三四

静けさの一塊として桃ひとつ　一三四
桃すするふるさと持たぬ淋しさに　一三〇
桃の花【もものはな】（春）
空の波寄せては返す桃の花　五〇
桃咲いて夢みるごとき山廬かな　四九
やはらかき空やはらかき桃の花　四九
ゆつくりとまぶたをひらく桃の花　五〇

や行

山眠る【やまねむる】（冬）
眠らんとして白山の静けさよ　一五七
山笑ふ【やまわらう】（春）
どの国の子どもも笑へ山笑ふ　三五
めざめよと風の一声山笑ふ　三五
浴衣【ゆかた】（夏）
藍浴衣夕べの雨に香りたつ　八九
身のうちを風通りゆく藍浴衣　八九
雪【ゆき】（冬）
雪の上に雪雪の上に日の吐息　一五八
雪雪雪やがて炎となりゆくか　一五八
雪遊【ゆきあそび】（冬）
雪つぶて故郷捨つるは罪なるか　一七二
雪兎【ゆきうさぎ】（冬）
たはむれに夫婦となりぬ雪兎　一五三
つかの間の夢をみてゐる雪うさぎ　一五三
雪解【ゆきどけ】（春）
雪解風北極星が濡れてゐる　二三
行く秋【ゆくあき】（秋）
美しき光となりてゆく秋ぞ　一四四
柚子【ゆず】（秋）
青春の自画像ならん柚子ひとつ　一二七
百合【ゆり】（夏）
かくも濃き百合の香に死者目覚めをり　九四
余寒【よかん】（春）
白き白き加賀一国の余寒かな　二一
らふそくの炎ふれあふ余寒かな　二一

夜濯【よすすぎ】（夏）
夜濯や夫には知れぬ胸のうち　八一
夜長【よなが】（秋）
存分に泣かれよ夜長の枕ある　一三八
夜の秋【よるのあき】（夏）
恋の句のひとつささやく夜の秋　一一〇

ら行

立秋【りっしゅう】（秋）
うすうすと日輪遊ぶ今朝の秋　一一七
立春【りっしゅん】（春）
白山の真白き春の立ちにけり　一九
立冬【りっとう】（冬）
白山の白より白く冬立てり　一四七
ペリカンの万年筆も冬に入る　一四八
りんりんと我は冬立つ女かな　一四七
林檎【りんご】（秋）
古き詩は捨つべし林檎齧るべし　一一三
臘梅【ろうばい】（冬）
臘梅は遠き国より来たといふ　一七一
露伴忌【ろはんき】（夏）
文学の果実は硬し露伴の忌　九四

わ行

若布【わかめ】（春）
つつがなく老いし夫へ若布汁　五七
若布汁怒濤の日々の果てにかな　五五

初句索引

あ

藍浴衣　八九
会へぬまま　一〇一
青々と　五一
青空は　二五
青梅雨や　八三
あかあかと　一四四
秋扇　一三八
諦めし　一五〇
明易や　六四
明日手術　八二
新しき　六一
飴山忌　四一
鮎泳ぐ　六五
蟻地獄　九八
アリランの　四五
あはゆきや　五三

い

いかやうに　一二八
生きがたき　一六七
息白く　一六九
息白し　一六九
生きながら　一三七
息深く　九五
行き惑ふ　一〇九
抱かれて　三四
一輪の　三七
一貫の　四二
一歳の　九
一篇の　一一四
凍滝の　一六三
凍蝶の　一六〇
稲妻や　一三九
いま咲きし　一〇八
いわし雲　一一六
巌のごとき　一二

う

ヴィーナスと　一一
うすうすと　一一七
薄氷　二三
うすらひは　二一
うすらひや　五三
歌ふごと　一六六
美しき
　筋肉動く　九七
　光となりて　一四四
生まれきて　七五
海青く　七四
海に塩　一〇七
梅ひらく　二六
うれしさは　一〇七

お

大くさめ　一四九
大氷柱　一五五
沖縄の　七一
億万の　六九
をさなくて　四七
惜しみなく　一四三
お正月　一一
怖ろしき　七二
怖ろしや　八〇
朧夜の　三六

か

母さんと　一二三
開拓の　一二四
甲斐の水　一三四
帰り花　一七〇
帰れざる　八七
杜若　八四
柿の木が　一四一
革命も　一一六

鞦韆や　三三
十二歳　一六
手術台　五四
春節の　五六
春泥と　二七
春眠の　二三
春眠や　四三
性悪の　一三二
しろがねの　二七
白き白き　二一
白日傘
　かつて日本で　七四
　こころゆつくり　九三
新豆腐　一二八
新涼の　一二九

す

姿良き　一三二
澄みとほる　三二

せ

青春の　一二七
青春は　一一三
生前も　一三三
蜻蛉の　一二六
千年の　五一

そ

双眸の　三一
ソーダ水　一〇二
祖国とは　六六
空青く　三一
空の波　五〇
存分に　一三八

た

鷹となり　一二二
抱きなほす　一六八
掌　一四一
たましひの　八五
たはむれに　一五三
端渓の　一六一

ち

竹夫人　六七
小さき骨　一一五
散りつくし　四〇

つ

追憶の　一六〇
つかの間の　一五三
次の世は　七九
月を抱き　一一九
つつがなく　五七
角落ちて　四七
夫よりも　一二六
罪深き　六七

て

梯梧咲く　七二
出来合ひの　九五
天に触れ　一四三

と

籐椅子や　六六
闘魚てふ　一〇五
砥ぎだされ　一一八
どこからも　七七
どの国の　三五
虎の間に　一五九
鳥呼べよ　九

な

鳴かば声　一二五
汝が胸が　一三〇
汝が胸の　二〇
亡き父が　七八
夏草の　七三
夏木立　一〇〇

夏休み　七六
夏痩せて　八六

に

煮凝や　一五九
日輪の　一五五

ぬ

脱ぎ捨てて　一六

ね

合歓の花　一一〇
眠らんと　一五七
眠る水　一七〇

は

白山の
　白より白く　一四七
　空を落ちくる　一九
　真白き春の　一九
　水清らかに　一二〇
　　水の味なり　九二
葉桜や　八五
端居せり　八二
ばしやばしやと　一四九
初空や　七
ばつたんこ　一三九
初日記　一四
初花や　二四
初湯して　一三
花月桃　七一
花菜ほどな　二九
花の芽に　二四
花を見て　四〇
歯二本　一四二
母老ゆる　九〇
母の母　三二
薔薇園の　六九
薔薇の風　六八
薔薇の花　七〇
薔薇の芽の　六八
春炬燵　五四
春の風邪　四六
春の扉は　二〇
刃を入るる　四八
晩春や　五六
韓の血の　八

ひ

蟇　六四
羊の毛　三〇
人あはれ　一七一
一塊の
　風となりけり　三三
　氷となりて　一五二
ひとつ灯を　三四
ひとつ家に　一三一
人は波　一五〇
ひとひらは　三八
灯ともして　一三七
一山の　二八
雛あられ　三七
日の色を　九一
日のしづく　八〇
日の匂ひ　一二三
日のぬくみ　一〇一
火は風を　六五
ひもほどける　一〇四
ひようひようと　八三
昼によし　一三

ふ

深川の　七七
ふきのたう　二五
冬いよよ　一五二
冬構へ　一四八
冬薔薇　一六四
冬なれば　一五一
冬の月　一六一
冬深し　一六八

冬帽子　一六五
古き詩は　一一三
ふるさとは　一二四
風呂吹の　一六七
文学の　九四

へ

紅さして　九九
蛇いでて　三〇
ペリカンの　一四八

ほ

豊穣や　一〇
砲弾が　七〇
抱擁の　九八
鬼灯は　一〇六
頬杖は　四四
星ひとつ　二九
ほろほろと　三九
煩悩の　一〇

ま

舞ひ下りし　七九
マドレーヌ　四六
曼珠沙華　一三五

み

右手より　九〇
水鳥の　一六二
水刃物　一二七
みどりさす　七五
身のうちを　八九

め

目が合うて　一〇九
めざめよと　三五
芽吹くもの　四二

も

もう会へぬ　五七
もう去年の　一〇八
燃えつくす　一五六
桃咲いて　四九
桃すする　一三〇
もろびとに　一二九

や

山峡の　一〇三
山之口　九六
やはらかき　四九

ゆ

夕暮れは　一二五
雪解風　二三
雪つぶて　一七二
雪の上に　一五八
雪雪雪　一五八
ゆさゆさと　四八
ゆつくりと　五〇
夢ひとつ　一三一
揺れながら　一五四

よ

夜濯や　八一

り

龍太逝き　一三三
りんりんと　一四七

ろ

らふそくの　二三
臘梅は　一七一

わ

若き日の　九三
我が祖国　七八
若布汁　五五
我が山の　一〇二
われ秋の　一三六

著者略歴

趙 栄順（チョ ヨンスン）

1955年　東京都生まれ
2004年　古志入会

現在　古志同人
　　　ＮＰＯ法人「季語と歳時記の会」理事
　　　恋の俳句大賞選者

著書　エッセイ集『鳳仙花、咲いた』 新幹社刊
　　　句集『草生』 花神社刊

句集　白

古志叢書第七十篇

初版発行日　二〇二三年十月二十九日
著　者　趙　栄順
　　　東京都大田区東矢口二-八-一七（〒一四六-〇〇九四）
定　価　二五〇〇円
発行者　永田　淳
発行所　青磁社
　　　京都市北区上賀茂豊田町四〇-一（〒六〇三-八〇四五）
　　　電話　〇七五-七〇五-二八三八
　　　振替　〇〇九四〇-二-一二四二二四
　　　http://seijisya.com
装　幀　加藤恒彦
印刷・製本　創栄図書印刷

ISBN978-4-86198-574-4 C0092 ¥2500E